KB078727

헛생각

헛생각

박기홍 제4시집

동편 하늘 잿빛 구름이

마침 떠오르는 태양 때문에

금테를 두른 것 같은 장관을 연출하고 있습니다

오로라가 연상되는 순간입니다

저기 멀리 보이는 산은

어젯밤 내린 눈으로

남극의 빙산처럼 하얀 옷을 입고 있습니다

좋은땅

목차

4부 다람쥐 기억력이 조금만 좋았더라면

1부

유능한 매는
발톱을 숨긴다

헛생각

시골 오일장에 아직도 뻥튀기가 있다는 건

어쩌면 우리의 고단한 삶도 한순간에 뻥 튀길 수 있다는
희망을 주기 때문인지도 모르겠다

* * *

수 광년을 빛의 속도로 달려온 별을 바라볼 수 있다는 것
보다

더 황홀하고 웅장한 일이 또 있을까?

* * *

농작물은 주인의 발소리를 듣고 자란다고 한다

그런데 그 정직한 농작물도 수틀리면

귀를 아예 틀어막고 집단 농성을 하기도 한다

* * *

해 질 녘 전깃줄에 모여든 참새 떼

뭉쳐야 산다, 뭉쳐야 산다고 서로 다독이는 저 약자들의
하루를

도무지 그냥 바라볼 수가 없구나

* * *

겨울나무의 까치 집은

할아버지 방 아랫목의 화롯불

* * *

안개 속에서 매화꽃이 수줍게 아침을 맞이하네

고개를 드니

해는 보름달 되어 솟아오르고

고요를 머금은 봄 안개가 하루를 여네

* * *

초저녁 서쪽 하늘에 깜박이는 외로운 별이여,

지구별에 있는 네 열광적 팬들을 잊지 말아 다오

* * *

해거름

외딴 기와집의 굴뚝 연기

전원의 하루가

고요 속으로 깃들고 있네

* * *

은행이 망하고

산불이 나고

탄노미사일이 동해에 널어져노

그래도 봄은 오고 있다

* * *

겉으로는 날 억누르고

안으로는 날 잡아당기는

내 몸에 철썩 들러붙은 도덕률
영원한 나의 야당

* * *

호박과 국화는 모두 땅에서 나왔지만

호박은 우리 입을 즐겁게 해 주고

국화는 우리 눈과 코를 기쁘게 해 준다

호박다움과 국화다움이 다를지 몰라도

다 사람을 이롭게 하므로

존재 이유는 같다고 할 수 있다

* * *

시골 이발소 창문에,

"재송해요 오늘 병원 가따오깨요"

비뚤비뚤한 글씨가 왜 이리 뜨거운지

* * *

'유능한 매는 발톱을 숨긴다'라는 일본 속담이 있다

수입해서라도 한반도에 널리 뿌려 주고 싶다

* * *

동백꽃은 죽어서도 악몽을 꾸나 보다

송두리째 내동댕이쳐진 꽃송이가

아직도 비명을 지르고 있는 것만 같다

* 최승호 시인의 글 변주

* * *

끔찍한 일이지만

지구의 종말은 엔트로피의 개념으로도 설명할 수 있다

안타깝게도 반박할 논리가 없다

* * *

하천 둑에 환영 인파처럼 피어 있는 금계국 행렬,

잔물결에 얼비친 노란 그림자 위로

백로가 여백을 채우며 날고 있네

* * *

고추, 호박, 옥수수 모종들이

봄나들이를 하였다

그런데 사람들에게 이렇게 쏘아붙이는 것 같다

"갓난아이에게 이놈 저놈 하지 말란 말이오!"

* * *

12지간을 새로 만든다면

아마 쥐띠는 없어지고 대신 고양이띠가 생길 것이다

* * *

벌레 먹은 낙엽은
내 지나온 삶

나이 들수록

낙엽도 스승

* * *

노란 씀바귀와 하얀 개망초가

사이좋게 피어 있다

한 계절 한곳에

씀바귀는 씀바귀대로 개망초는 개망초대로

마치 꼭 그래야 하는 것처럼

* * *

동편 하늘 잿빛 구름이

마침 떠오르는 태양 때문에

금테를 두른 것 같은 장관을 연출하고 있습니다

오로라가 연상되는 순간입니다

저기 멀리 보이는 산은

어젯밤 내린 눈으로

남극의 빙산처럼 하얀 옷을 입고 있었습니다

* * *

와인병 코르크가 열리면서 내는 '펑' 소리

이보다 더 매력적이고 세련된 시작의 알림이 있을까?

* * *

햇감자가
포슬포슬 잘도 쪄졌다
이해인 수녀님이
중용의 맛이라 했던 감자,

나에겐 오물오물 구순 노모의 한 끼니

* * *

못 알아들으면 못 알아들은 대로

* * *

석가모니는 아트만을 부정하면서 무아의 개념을 강조하
셨고
예수는 할례를 사랑으로 대체하셨다

다행이다

* * *

아침나절 검은등뻐꾸기 울음 메아리

아무리 들어 봐도 '홀딱 벗고'는 아닌데,

선조들도 참……

* * *

57년 전 구림초등학교 1학년 학생 수가 300명이 넘었는데
지금은 달랑 3명이다

꼴등도 전교 3등이다

* * *

장맛비 내리는 날
우아한 수국은 빗방울에도 아랑곳하지 않고
산은 구름의 유혹에 꿈적하지 않네
장맛비 속에서도
풀벌레 소리 그치지 않네

전쟁 중에도 사랑 꽃은 피었다지

* * *

내 식탁의 빵 두 개 중 하나는
다른 사람에게서 빼앗은 것

자본주의다

돼지들 꿀꿀 소리

* * *

낙향한 지 두 해
다시 생각나는 거라곤
햇살 반짝이는 한강의 잔물결과
흰 눈 녹지 않은 북한산 산마루뿐이로다

* * *

새끼 다람쥐 마주친 곳은
항상 같은 데

집 잘 지키고 있어라 하고
들로 나가신 울 엄마

* * *

담장 밑에 널브러진 능소화
그 옆 자울자울 졸고 있는 누렁이

아름다움과 나른함의 묘한 조화

* * *

해바라기를 좋아했던 고흐가
한국에 있었다면
수국을 그리지 않고는 못 버티었을 것이다

* * *

2023.7.12 새벽 두 시
하늘의 진노가 심하여 마치 지구의 종말이 올 것처럼
천둥과 번개 그리고 폭우가 오랫동안 지속하였다

과장 같은 팩트

* * *

우습다
내 평생 헤매어 찾아온 곳이 절벽이라니

조오현 스님의 시구다

여기 '우습다'에서는
장사익의 소리가 들린다

* * *

전 국민이 사진을 찍는 세상이 됐다

사진 예술의 대중화라기보다
예술의 세속화라고 봐야겠다

정치의 세속화처럼

* * *

조오현 스님 시집에
고은 시인, 김지하 시인, 도올 김용옥 선생님이 휘호를 쓰
셨다

유유상종이다

* * *

자기충족적 예언(Self fulfilling prophecy)이니
피그말리온 효과(Pygmalion effect)니 하는
어려운 서양말보다
'말이 씨가 된다'라는 우리말이 훨씬 좋다

* * *

여름밤, 풀벌레 소리에 잠이 들었다
아침에 일어나서도 맨 먼저
풀벌레 소리를 듣는다

전원의 여름이다

* * *

벚나무 밑에 세워 둔 내 차
새똥 때문에 걱정이었는데
오늘은 울긋불긋 낙엽이 수북하네

* * *

이른 아침 전깃줄 참새 떼,

모두 다 한 방향을 바라보네

아름다운 집단 심리

* * *

나는 콩을 좋아한다
작고 동글동글한 생김새가 좋고
된장국 생각이 나서 좋다
콩이라는 글씨가 멋있고
발음도 경쾌하다

* * *

아~ 세월이 빠르다더니
엊그제 초승달이
어느새 보름달이 다 됐구나

* * *

본다
보이는 것만 본다

보는 것도 제대로 못 본다

보이는 것도 진짜가 아니다

* * *

지구도 태양 주위를 도는데
세상이 어찌 그대 중심으로 돌아가겠는가?

2부

세상은
발버둥을 받아 주지 않았다

독거(獨居)

1.
오늘도
윤리와 타락의 경계에서
솔직하지 못했다

내 안의 샘물은
오래전 흐려졌다

자유의지여
면목 없다

죽도 밥도 아닌 것이
늘 문제였고

완전 범죄가 없었다는 것은
천만다행이다

2.
나 홀로

그저 홀로
지나가는 세월의
길잡이처럼

내 안의 어둠을 지나
온 세상에 묻어 둔 삶의 상처를 안고
매일 밤 하늘을 보면서
나의 존재 이유를 찾았다

그러나 오늘도
내 마음은 파도였다
흐려진 내 삶은
쉽게 밝아지지 않았다

외롭고 허전한 이 길을
나 홀로 걷는 것
가장 나다운
그저 인간다운

그럼에도
나는 나 자신에게 기대어
다가가고 싶은 끝없는 나의 꿈을 따라
계속 나아갈 터

지금 내가 있는 이곳은
하나의 정지점

이렇게 긴 인생 여행에서
스스로의 방향을 찾기 위하여
나의 고통과 어려움들과 함께

그리고 언젠가
내 마음이 맑아져
또다시 새로운 길을 찾아 나설 때까지

정치

쑥과 냉이로 국을 끓이면
쑥 향기가 냉이를 압도하지만
그래도 냉이는 냉이대로 맛을 낸다
그러나 그 맛있는 국도
숟가락이 닿지 않으면
쑥도 냉이도 아닌 못 먹는 국이 되고 만다

새로 끓이는 것, 그것만이 유일한 방법이다
국 끓이기는 먹고 먹이는 것이 목표다
그렇다고 국이 죽이 될 때까지 기다릴 수 없다
때론 개혁보다 혁명이 쉽다

속임의 역사

어느 서양 학자는
인류 역사를 '빛'으로 보았다지만
속임의 역사인지도 모른다

종교에 속고
정치에 속고
역사 기록에 속고
이념에 속아 왔다

인간의 길은 휘청거릴 수밖에

그래서
속고 속이며
안 속은 체하면서
끝내는
그 자신까지 속이고

속임에 빠져 벗어나지 않으려는
속임의 술을 마신다

역사는 내내 속임의 미로에
수수께끼를 던진다

인간의 길
속임의 길
속임의 역사

올라가고 싶은 눈(雪)

눈의 고향은 하늘
고향을 잊지 못한 걸까
땅으로 내려오다 다시 올라가는 눈도 있다

내리는 눈 올라가는 눈이
한 공간에 머무를 때
하늘은 무도장이다
나비가 되고
잠자리가 되어
아름다운 꽃송이를 피운다

그러나 올라가고 싶은 눈
무기력한 꿈틀거림
그 발버둥을 보면
자본주의 패배자가 생각난다
이제 세상은 싸움터
강자의 승리가 보장된 불공정한 게임
그래서 더 눈물이 난다

세상은 발버둥을 받아 주지 않았다
난 늘 약자 편

귀는 들어도 채워지지 않는다

뉴스를 틀면
절망과 고통
전쟁 같은 생존

걱정이다

고개를 들면
속상한 마음
수상한 풍문

불안이다

신나는 일
따뜻한 소식
졸아들어 바닥이고

예수나 부처의 길
못 디딜 주제
눈, 귀도 못 닫을 삶

차라리

홀로나 서 볼까

세상과 멀리

눈은 보아도 만족하지 못하고

귀는 들어도 채워지지 않는다

* "귀는 들어도 채워지지 않는다"는 전도서의 한 구절

그런 줄로만 알았다

초록빛 시골 중학교,
새로운 학기 새로운 선생님은
기대와 희망이었다

그러나 알량한 권위가
허탈과 실망을 안겨 줬다

각오까지 없었겠냐만 작심삼일
허세와 위세로 무장한 선생님들
진정한 가르침은 뒷전이었다
존경보다 두려움이 컸다
세월의 물결은 야속했고
역사의 진보도 믿을 만한 것이 못 됐다

그런 줄로만 알았다

육십 평생 우리 대통령들
그때 선생님과 다를 바 없었다
선서 이후엔 실망이 넘쳤고

초심은 점점 밀려 갔다
속으로 땅을 쳤지만
어리석게도 양의 얼굴로 그들을 바라보았다

선생님 앞에서도
대통령 앞에서도 바짝 엎드릴 뿐이었다

그런 줄로만 알았다

까마득함이 추억 되옵니다

끊임없이 변하면서 생성 반복한다는 천지 이치
어렸을 적 순수함과 설렘 그것도
영영 사라져 버린 것 아니라
회상과 추억으로 돌아오는 것이옵니까

소풍 가기 전 설렘
애인 만나기 전 기대와 잠 못 이룸
이 또한 정녕 소멸하지 않았는지
가끔씩 마음을 흔드옵니다
버스는 멈춰 있고 풍경이 가는 줄 알았던 순박함
넓디넓은 운동장과 높디높은 돌담
다 회상과 추억이 되어
다시 한번 이렇게 꿈틀대옵니다

오늘도 생각의 파편을 안고
미래의 섬을 향해 달려갑니다

금방이 세월 되고
그 까마득함이 추억 되옵니다

깨달음에 관하여

읽은 장서가 산더미 같고 지식이 바다처럼 깊어도
또한 앎을 실천하였다 하더라도
참깨달음에 이른 것은 아니리라
깨달음에 수행이 꼭 필요한 것은 아니지만
단 이틀이라도 부모님 대소변을 받아 보거나,
응급실, 암병동을 몇 번이고 들락날락하는 것만으로도
산 경험이 되려니
수행의 절반은 되리라

존엄과 생명을 아끼는 사람들이여,
자유와 행복을 외치는 그대들이여,
그대들 외침이
삶의 산에 어떤 울림을 던질까

입이 먼저일까요
손발이 먼저일까요

아니면 눈 감고 기다릴까요

대화

오랜만에 만나
밥을 먹고 차를 마시며
많은 얘기를 나눴다
늘 하던 대로
아무런 불평도 없이

말은 산으로 가고
바다로 던져졌다
겉보기엔 아니지만
서로 자기 말만 하였다

다른 사람 말도
결국은 자기 얘기

1분이면 될 말
한 시간을 붙들었다

다시 생각하니
대화라는 게 그런 관성이 있었다

대화라는 호수가
잡담이란 옹달샘이 되기 일쑤였다

인간의 가슴과 혀에는
불순물이 잘 스며드니……
음모와 저의 같은

불을 껐다

떠돌이별

무엇을 해야 하나
어디로 가야 하나
방황 길에 멈추어 서서
뒤를 돌아다보니
서럽다

한평생 서둘러
달려온 곳이
벼랑이구나

꿈도 희망도 모두 다
도망가 버린
빈털터리

하늘 가장자리 떠도는
외로운 별들
서럽다

허우적 헤매다

밀려온 것이

떠돌이별이란 말인가

                     * 조오현 스님의 '아지랑이'를 개사해 보았다.

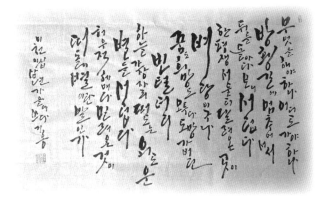

변천

예전엔

등록금 못 낸 아이
기찻길에 투신하고

뼈 빠지게 농사짓다
늘어난 빚 못 이겨
농약 들이켠 일

이런 일 사건이 되었고

지금은

비서 성추행한 고관들
스스로 생 포기하고

힘 있는 자, 가진 자
갑질하다 감옥 간 일

이런 게 지면을 메운다

먼 앞날
무슨 끔찍한 일로
얼마나 세상 찌푸리게 할는지

6월 점묘

결혼식 변성기 50
디오게네스 외눈박이태양 해변
호박넝쿨 흑장미 멧비둘기
석양의피라미 개굴개굴못자리 여름휴가
삼각형우주 우리민족 지천명

비밀

말하지 못한 것들이 늘어난다

입술은 속마음을 앙다물고 있는 괄약근

삶의 무게는 말의 천칭(天秤)

새의 봄은 인간보다 빠르다

새의 봄은 인간보다 빠르다

진달래가 산골짝에 봄을 슬쩍 얹어 놓은
불암산 거북산장

산까치 한 마리
나에게 말을 건다
귀 쫑긋 세우니
"여보게, 뭐 그리 심각한가?
어서 산 너머 봄나들이 같이 가세!" 하네
타심통(他心通)의 일격을 맞고 보니
묵은 마음에 찬바람이 들었다

새의 세상엔
직장도 없고 학교도 없고
은행 같은 건 더더욱 없어
저 녀석들 날개에 봄바람이 일찍 이나 보다

우리 가슴엔 아직도 겨울이 남았는데

산까치는 벌써 얼음 녹는 소릴 물고 왔다

새여, 순수의 새여

오늘 또 넌 내 스승이구나!

시간에 대하여

풀을 뽑고
산길 걷고
차를 마셔도

시간 가는 소리
찰칵찰칵
또렷이 들린다

시간이란 묘한 것이어서
잠깐 눈 돌리면
엿가락처럼 늘어져
지루하기도 하여라

소풍 기다리는 아이
아직 청춘을 달리는 이들
이런 건 까마득히 모를 테고

나 또한
황혼 길 다다른 사람 마음

그런 거 생각조차 않고 살지

시간이란
서 있는 곳
바라보는 사람 따라 변하는
신기루인지도 모르겠어
다가가면 사라지는 무지개
변덕스러운 날씨
인생 풍경 따라
망각과 기억을 반복하는

아우구스티누스부터 현대 과학까지
시간을 해독 중이지만
아직 해답의 전갈은 없다

안분지족(安分知足)

행복 지수 세계 1위 부탄(Bhutan)

불교 국가라 그런가?
아니다
모계사회라 그런가?
그것도 아니다

그럼 히말라야의 아름다운 설경 때문인가?
그건 더더욱 아니다

왕이 왕궁 버리고
오두막으로 왔기 때문이다!

예방주사

인생에도 예방주사가 있다면
백신 한 대로 삶의 고통 줄일 수 있다면
욕심 덩어리 인간
얼마나 더 오만해질까

이기주의 인간
얼마나 더 방자할까

우린 잘 모른다

같은 산을 보면서
난 이 봉우리를
넌 저 봉우리를 쳐다본다

숲길을 간다
서로 다른 길을 간다
자기 길을 간다

한자리에 앉아
나는 이 이야기를 하고
넌 저 말을 듣는다

우린 서로 바라보지만
잘 모른다

마음속 길은
엉킨 거미줄
흔들리는 나침반

우린 잘 모른다
알 길도 없다

원수를 사랑하라

원수를 사랑하라
성서의 이 외침
아득하고도 아득하여라

내 앞의 사랑은
아가페든 에로스든
억지로 피어난 꽃
아름답지만 겉치레 향기

이기적인 이성의 손아귀에서
꽃잎 하나씩 떨어진다
실천 없는 사랑의 꽃은
거짓 장식

나와 남 사이 천 리라 해도
미움을 지우기는 한순간

용서의 나무에
피어난 꽃은
진정한 뿌리를 믿고 있다

위선

별을 보고 싶어도
구름이 가리면 볼 수 없다

그래도 총총 빛나는 별을 생각하며
별을 기다린다
구름 물러나기를 기다린다

하루, 이틀……
결국 별은 멀어진다

별은 오지 않고
구름만 남는다

구름은
별이 없다고 말한다
사탄의 꼬임처럼

진실의 실체는 사라지고
그림자만 아롱아롱

창백한 푸른 한 점

'창백한 푸른 한 점'

이렇게 광대한
우리 지구가 창백하다니
믿고 싶지 않다

우리 마을이 세상 전부인 줄 알았다가
월출산 처음 올라간 날
마을은 성냥갑이 되었고

첫 상경 서울역 대우빌딩에
내 미약은 입술을 떼지 못했다

존엄이란 말 때때로 위로가 되었지만
그것도 인간의 자기 술책

과학이
무슨 잘못 있으랴
선도 악도 아니고

반역도 굴종도 아니리라

지구라는 별이
꺼질 듯 말 듯
하나의 점에 불과하단 사실

우리의 희미한 존재
과학의 차가운 손길이 우리를 슬프게 한다

천동설이 지동설로 진보하였다지만
지구의 한 점은
출구가 없어 보인다

오, 과학이여
인간이여

* "창백한 푸른 한 점"은 칼 세이건의 말

진정한 스승

밀치듯이 쓰러지는
내 안의 이성과 이치는
다가올 인생의 시련에
비교하면 허술한 모양새

하지만 내 안에 품고 다니는
사랑과 자비의 불꽃은
언제나 나의 가슴을 녹이고
인생의 가르침을 새긴다

나는 예수와 공자를 숭상했고
책 속 지혜를 따랐지만
모두 어디론가 사라졌다

회초리 든 아버지와
호랑이 같은 초등학교 여선생님은
내 마음속에 살아 숨 쉬었고
사랑과 지혜가
삶의 길잡이가 되었으나

그나마 점점 미약해진 그림자

이제는 내 안에 앉아 있는 내 마음
내 안의 나
그리고 공짜인 햇볕과 바람
오직 그것만이 진정한 스승

참회와 용서

세상이 어쩌고저쩌고
사회가 이러쿵저러쿵
까불대던 일 후회한다

거 묻은 개 나무란
내가 부끄럽다

한 마리 피라미
어찌 대서양을 알겠으며
수천억 개의 세포 가운데 하나
어찌 몸의 뜻을 알겠는가

겁 없이 내리친 망치질
그것은 무지와 경솔
독설이었다

저지른 죄업
그 죄의 무게
내 어깨를 짓누르고

형벌이 마땅하지만

갸륵하오니
용서의 매 내리옵소서

침묵 속에서 싹튼
작은 변화의 씨앗
새로 찾은 나

참회의 뜻
용서의 문 두들기는 모습이
뜨겁게 눈물겹고나

침묵의 힘

보랏빛 도라지와 산수국은 내가 좋아하는 여름꽃이죠
보기만 해도 가슴이 뛰고 기분 좋아져요

한번은,
너희들은 더운 여름이 그렇게 좋냐고 물었지요
대답이 없었어요
왜 막무가내 무더기로 꽃을 피우냐고 또 물었지요
아무 대답이 없었어요
너희들은 별을 빼닮았으니 별을 좋아하겠지 하고 물었
지만
역시 대답은 없었어요

뒤늦게 알았지요
꽃들은 하고 싶은 말
전하고 싶은 이야기를
꽃잎 하나하나로 말한다는 걸
색깔로 묻고 향기로 답한다는 걸

침묵의 힘이 말보다 강하다는 것도
꽃한테 배웠지요

환상과 현실

서쪽 하늘 구름이 황금빛으로 물들고 있다
빗방울 맺힌 보랏빛 도라지꽃이 햇살 머금고 별처럼 반짝
인다
아름다운 풍경이다
지금 실제 풍경을 보고 있는 걸까
아니면 마음속 풍경을 보고 있는 걸까

우리의 순간순간이
현실인지 마음속 환상인지 혼란스럽다
설령 환상 속에서 살고 있다 하더라도
내가 느낀 대로 볼 수밖에 없다
나의 자유의지는 나만의 특권

실제 모습이 어떤 것인지 알 길 없고
온갖 생물의 오감이야 서로 다르겠지만
희로애락이 다 달라도
나의 감각만이 현실이고 실제다

감각의 현실은 나의 전유물

나만의 자유로운 세계

지금 어둠이 내리고
앞 탁자에는
사과와 시집이 놓여 있다

3부

세월의 증거엔
거짓이 설 수 없다

참깨 터는 노인

타악 타악
싸그락 싸그락

참깨 터는 노인
모처럼 낯빛 피었다

자본주의니
이기주의니
그런 말조차 모른다

순리
의무 따윈
생각도 없다

세월마저 잊은 지 오래

지금 순간
타악 타악
싸그락 싸그락

겨울 선물

유리창에 박힌 초신성 폭발 같은 성에
햇살 반짝이는 눈 위의 무수한 보석들
하늘 그래픽 그리며 지나간 가창오리의 허허로움
얼어붙은 땅 힘차게 밀어선 봄동 잎사귀
-보이지 않고 들리지도 않는 은둔의 생명들

암소의 울음

젖 뗀 지 한 달
새끼와의 생이별
목 놓아 우는 소의 울음
들어 본 사람은 알 것이다
음메 으음메에
큰 울음이 얼마나 애끓듯 구슬픈지를
기둥이 흔들리고 지붕이 들썩거리는 것을
제 새끼 보낸 슬픔에 꼬박 이틀을 울어야 했다
밤새 피울음을 토해야만 했다
마구간이 울음바다가 되고
목이 쉬고 목덜미에 경련이 일었다

송아지 내다 판 주인도 이별의 아픔이 컸던지
술에 취해 그렁그렁 코를 골았다
다음 날 아침 어미와 마주친 머쓱한 눈
여물을 수북이 쌓았다

인간은 30년도 모자라
평생 부모 그늘 밑에 있는데

소
만만한 소가 아니다
태어난 지 서너 달
홀로 자기 생을 살아야 한다

음메 으음메에 울음을 남기고 떠나야 한다

7월 첫날

1년의 절반을 떼어 내고
새로 시작한 7월 첫날

먹구름이 몰려오더니
들판에 빗방울이 튕긴다
어느새 말끔히 씻긴 마을
능소화, 수국이 활짝 웃고
가지, 오이가 제철을 맞는다

강아지 데리고 나온 부부가
지는 노을을 기쁘게 바라본다

밤은 평화롭다
막바지 개구리 울음소리
이른 풀벌레 소리
반짝이는 북두칠성이 울려 퍼진다
충만의 밤이다

절반이 휙 지난 내 삶도

오늘과 같이 빛나기를

장자(莊子) 걸음으로
자연을 걸으며
안분지족하길

오늘은 달도 반달이다

개구리 울음소리

개구리 떼울음이
어디선가 밀려와
논바닥을 들썩이네
사랑의 손길이
여름밤을 채우네

그대여, 귀 닫지 마시게
애절한 세레나데
웅장한 오케스트라의 합주
창문 열고 뜨거운 마음 맞이하게

자연의 소리와 춤
자연의 비밀에 귀 기울이는 시간

오늘 밤
무념의 시간
평온한 꿈에 젖기를

개굴개굴 개굴 개개 굴굴

* 개구리 울음소리는 수컷이 암컷을 부르는 신호이며,

여러 마리가 모여서 우는 것은 천적에게 자기 위치를

알리지 않기 위해서라고 한다.

고드름

이름도 고운 고드름

무슨 까닭에
물구나무를 서고 있느냐
혹 선생님 눈 밖에 났느냐

시끄러운 세상
저항한다고
시위한다고

아니
그냥 견딜 뿐이라고
아무 말 안 한 거야

조금은 알겠다
뾰족한 날과 피 같은 너의 눈물

조용한 군중은
이름도 순하구나

그 순수함이

겨울을 빛내고 있구나!

저수지에서
- 노자를 떠올리며

잔잔한 저수지를 바라보며
도리깨처럼 내리친 빗줄기와
넙죽넙죽 받아먹던 눈송이를 생각한다

주름 하나 없는 저수지를 바라보며
바람에 일렁이는 자장가 소리와
가뭄 날 거북 등 같은 논바닥을 상상한다

하루는 웃고 하루는 울었다
슬픔의 끝은 기쁨의 시작이었고
기쁨의 끝은 늘 슬픔의 시작이었다

쉬지 않고 움직였고
반복을 거듭하다 지금이 되었다

거기 다녀간
구름도 바람들도
연둣빛 산 식솔들도 그러하였다

항상 그대로였다

새로운 선물

1.

태양은 어둠을 밀어내고

새들이 고요를 깨는 아침

풀어 보지 않은 선물 꾸러미처럼

또 하루가 다시 열린다

어제의 저물녘 땅거미

새로운 얼굴로 인사하고

구름 낀 하늘은 어느새

말-간 도화지가 음음음 음음 되어 있네

아름다운 아침

새로운 선물 뚜 루루루

춤추는 동녘 하늘

호수 위에 비친 산 그림자

콧노래 절로 나오네

소풍 기다리는 어린아이처럼

2.

태양이 붉게 물든 아침

달은 아직도 하늘을 지키고

풀어 보지 않은 선물 꾸러미처럼

또 하루가 다시 열린다

어제의 해거름 석양은

새로운 얼굴로 인사하고

밤하늘 별들은 구름에게

자리를 비켜 주네 음음음 음음 비켜 주었네

아름다운 아침

새로운 선물 뚜 루루루

달콤한 아침 공기

풀잎에 매달린 저 보석들

콧노래 절로 나오네

엄마 젖 배 채운 갓난아이처럼

* 이 시는 노래로 만들어져 음원이 등록되었다.

길고양이

갈색 무늬 길고양이
어느 날 보니 앞다리를 다쳤다
교통사고인가
추락사고인가
차마 볼 수가 없다
몸 성해도 푸대접인데
얼마나 살기 곽곽할까

하도 안쓰러워
다른 녀석들 몰래 생선 뼈도 줬는데
도망치기 바쁘다
부드럽게 달래는데도
뭐 그리 잘못했다고
마음 못 읽고
도둑처럼 내뺀다
절뚝절뚝 내뺀다

한 번도 혼낸 적 없는데도
야박하게 외면한 족속

얼마 있으면 곧 잊혀질
저 가냘픈 생명

봄비만 내리네

봄비가 내리네

빗속에서
매화꽃 향기와 수줍은 산수유를 생각하며
공원을 걸었네
아무 생각 없이
방향도 잊은 채

기다림 없는 공원의 발걸음
어느새 그 카페로 가고 있었네
호수가 될 것처럼
친구가 되어 줄 것처럼

불 꺼진 카페
말 없는 카페
나 같은 방랑자는 없었네
몽상가도 없었네

집으로 가는 무거운 길

봄비만 내리네

고독한 비애를 적시고

짐승처럼 내리네

충실한 달
- 달의 신비

보이지는 않지만
달과 지구는 끈으로 이어져 있다
일편단심의 끈이다

달이 지구를 한 번 도는 동안
달 스스로도 한 바퀴를 돈다
하늘에 매달린 컴퓨터 시계,
초승달, 그믐달 모양은 달라도
끝내 등 돌리지 않는 달
다행히도
우리는 환하게 웃는 모습을 본다

지구의 고개가 비딱해서
계절은 가고 오는 것
혹시나 고개를 똑바로 세울까 봐
달이 애써 버티고 있다

그런 충실한 달도 지구가 없으면 무용지물
그래서 둘은 천생연분

너와 나도
평생 바라보고 웃으며
서로 버팀목 되어야
천생연분이랄 수 있겠지

자연스러워야
서로 끌려야
천생연분 운운할 수 있겠지

* 달이 지구를 한 바퀴 도는 시간과 스스로 자전축을
기준으로 한 바퀴를 도는 시간은 같다.

논물이 찰 때

논물 가득 차오르면
예나 지금이나 마음 든든해진다
로터리 친 자리 백로 날아드는 것도 그대로다

파릇파릇 모 올라오면
어디 꽃밭에 대랴
오지기가
세상 무엇과도 바꿀 수 없었지
땀방울은 희망
자식 키우듯 보살펴도 힘은 남았지

허나
농부의 마음에
서울 바람이 몰려와
미국 물결이 스며들어
모가 돈이 되고 논이 자본이 되었다

외국 사람 손 닿고부터
영 어색해진 우리 땅

농촌이 허물어지고
마음이 메말라 버렸다
말라도 너무 말라 버렸다

또 한 번 상전벽해가 되었다

입춘 아침에

입춘이란
영특한 인간이 창조한 절기
입춘 아침에
절기에 대해 망측한 생각을 한다

절기 없었다면
더 좋았을 거라고
자연을 절기로 나누지 않았다면
더 자연스러워졌을 거라고

매화, 목련의 꽃망울
들녘의 색채와 부드러운 바람
그리고 개울물 졸졸 소리가
봄을 알려 준다
대지 위의 온 생명들이
봄의 소리를 내고 있다

인간의 수고가 아니어도
봄은 스스로 그냥 오는 것

해와 달은 있는 그대로
돌고 도는 것

자연과 조화를 이루는
아름다운 순간
봄의 소리에 귀 기울이는 우리의 삶
그것이
입춘대길 건양다경보다 더 정직하겠지

절기를 몰랐다면
자연과 생명을 더 경외하고
봄의 활력과 희망을
더 사랑할지도 몰라
인간도 어떻게든
봄의 소리를 냈을지도 몰라

유채꽃 향기

유채꽃이 이리저리 흔들리며
언덕 위로 향기를 퍼뜨리고 있다

상큼하면서도
달콤한 향기
그 향기는
언제나 내 마음을 감미롭게 적신다

유채꽃밭을 거닐다가 갑자기 멈춰선 나는
그만 눈을 감았다

그리고 환생의 착각에 빠져
나비가 되었다
향기를 쫓는

향기는 사람 혼을 빼앗아
상상의 계곡으로 몬다

집을 수 없는 너
몽환 속에서도 코끝 짜릿하였다

월곡리 느티나무

월출산 자락
늙은 느티나무는 나이가 오백 살이라네
강물이 수백 번 흐르고
보름달이 육천 번 떠오르는 동안

천둥, 벼락에도
무서운 바람에도 끄떡없이
한순간도 눈을 떼지 않고
고을을 지켰다

동굴을 몸에 지닌 노익장
참 늠름하시다

무엇이 이보다 더 참될 수 있으랴

세월의 증거엔
거짓이 설 수 없다

* 월곡리 느티나무는 천연기념물 283호.

꽃은 피고 지고

숨 막히는 꽃들의 절정에서

어디 환희만 보이랴

말 못 할 저것이

얼마나 낙화에 시달릴까

시듦을 서러워할까

누구나 자기만의 시달림이 있다

아무리 행복해 보여도 슬픔은 안고 사는 것

모든 꿈은 이루어진 날부터

시드는 게 세상 이치

성공 그때부터

낙화는 시작된다

매화, 산수유 지고

벚꽃, 목련 오는 봄이다

노루 꼬리같이 짧은 봄이다

도둑고양이

한밤중
나왔더니 마당은 물론 하늘마저
깊은 어둠 속에 빠져 있었다

별도 달도 쏘옥 닫혔고

그런데도
도둑고양이는
담장 위에서 갸르릉거리며
마치 들킨 것 같은 몸짓

먹을 것 후하게 챙겨 주고
따뜻한 말로 달랬어도
언제나 죄인처럼 쫓기듯
잽싸게 꼬리를 감춘다

오직 경계심 하나로
버티어 왔던
저 음산한 마음

두 얼굴

비명 같은 어둠
마주친 눈빛 그 날카로움
잠은 쉽게 오지 않았고
어느새 닭 울음소리가 들려왔다

고향의 처서

내 고향 처서엔
뭉게구름 깔린 하늘 아래서
참깨가 새삭새삭 속삭이는 소리
들녘 벼가 알배는 통통 소리가 함께 울립니다

너른 들녘
태양은 작열(灼熱)하는데
절기는 순하고 적막합니다
귀 즐겁게 하는 소리가
은은한 미소로 돌아옵니다

내 시작과 끝
영혼의 고향이여
그리움과 추억이 얽히고설킨
이곳 소리와 풍경은
언제나 마음속에 살아 숨 쉽니다

고향은 어머니
처서엔
어머님 생각이 더 깊어집니다

아기 마늘

벚꽃 막 튀길 무렵
마늘밭도 쫑긋쫑긋 한창이다
까짓 마늘이 화사한 벚꽃에 대겠냐만
못 할 것 또한 없다
저렇게 사이좋게 가지런한 것
모난 녀석 하나 없이
엄마 같은 흙을 보채고 올라온 갓난아기들
추운 배 속에서 몇 달 기다렸나
장하다, 일어선 너의 모습
작은 몸집에서 빛나는 생명력

그래, 너의 알싸한 매움
엄마 사랑 때문이었구나
흙 한 알 한 알의 손길 때문이었구나

아기 마늘아
네가 세상을 향해 얼굴을 내민 봄
엄마의 사랑과 흙의 손길이 꽃을 피우듯
실컷 춤을 추어 다오
벚꽃이 화사한 박수 보내도록

소쩍새

오월 어느 어슬녘
소쩍 소쩍
소쩍새 울음소리
언제부턴가 염불 소리가 되었다

소쩌억 소쩌억
은은하면서도 엄숙한
성자의 깨달음

누가 피를 토한다 했나
해탈의 경지에 다다르지 않고서야
어찌 저 무욕의 향기 뿜겠나
불경 수백 권 암송하지 않고서
번뇌라곤 티끌만큼도 없는
오도송을 줄줄 외울까

소쩍 소오쩍
목멘 수행 길

논에는
개구리 소리 쩌렁쩌렁

서릿발

어렸을 적 밭둑
칫솔 모양의 서릿발
50여 년 떠돌다
다시 돌아온 고향
아, 얼마 만인가?
오늘 아침 텃밭에서
서릿발 다시 만났네

긴 행려(行旅)의 헛발질
가슴 차가운 지난날의 흔적
서글픔이 온몸 감싸네

서릿발처럼 차갑게 돋아나는
고향에서의 인생 여정

새로운 시간의 문이 열리면
봄의 꽃들이 피어나리라

고향 들녘 동토에도

위로의 봄
희망의 봄바람이 불어오리라

새끼 오리들

잔디밭 새끼 오리들
어미 꽁무니를 뒤뚱뒤뚱 따라가고 있네

어찌나 줄을 잘 맞추던지……
눈도 아직 덜 뜬 채

해 질 녘 줄레줄레 집으로 향하는 몽골고원 양 떼들
재잘재잘 소풍 가는 노란색 유치원 꼬마들
늦가을 북녘 하늘 끼룩끼룩 기러기를 보고 있네

어허,
나만 혼자일세
내 안에 이는 작은 따뜻함
조용한 감동

뒤뚱뒤뚱 이름다움

새 소리

1.

오늘 햇빛도 좋고
계곡 물소리도 맑으니
한바탕 더덩실 춤이나 추자고 떠들어 대네

2.

나뭇가지 물어 나르고
무고한 벌레들 살생하고도
온 산 온 하늘 다 가진 양 여유롭기만 하네

3.

산버찌 배불리 먹고
똥도 시원하게 갈기고서
가신 님 편지 흥겹게 읊고 있네

4.

무념무상 독경 소리
무장무애(無障無礙) 풍경 소리
숲, 바람, 햇빛 하나 되어 별천지 그리고 있네

도라지꽃에 빠지다

도라지꽃 네 수줍음에
빠져들고 싶어

무더위에도 미소 짓고
찬란하게 빛나는 너의 모습

새벽 빗줄기 속에서도
간절한 기도로 속삭이는

너의 꽃잎에 담긴
희망의 미소를
한 폭의 그림으로 세상에 전하고 싶다

비탈진 산밭에서 아슬아슬 피어나는
험지에서의 용기,
아름다움이 더욱 빛난다

도라지꽃을 가득 안고
사랑에 빠지고 싶어라

별들이여, 도라지꽃이여
너는 사랑

수줍은 듯 반짝이는 듯
너의 비밀 너무도 깊었구나

4부

다람쥐 기억력이
조금만 좋았더라면

좌충우돌 기웃기웃

바둑 둔다고

기타 퉁긴다고 기웃기웃

시 쓴다고

작곡한다고

붓글씨 쓰느라 기웃기웃

동양으로 서양으로

부처로 예수로

문학에 예술에 좌충우돌

여기 쫑긋 저기 쫑긋

이 여자 저 여자 좌충우돌

오만 가지 생각으로 좌충우돌

수만 가지 잡념으로 기웃기웃

기웃기웃 인생

좌충우돌

새는 이 가지 저 가지 옮겨 다니며 논다

잡념

어렸을 때 그러니까 20대 이전에
나는 사람 입으로 먹는 양이 어마어마하겠구나 하고 생각
한 적 있었다
그 뒤 어언 40년간 이런 생각 잊다가
예순 넘어서야 다시 생각하길
먹는 양 산더미같이 거대하지만
배출은 축약된 양이라는 걸 알게 되었다. -평생 먹은 양을
돈으로 환산하려다가 중도 포기하고 말았다-
염소나 개도 마찬가지다
사람이 나이가 들면서 아무리 엔트로피가 증가해도
이러한 인풋 아웃풋의 원리는 변함없이 작동한다

배출량이 줄어든다는 것은
몸이 각고의 노력 끝에 내놓은 결과물
이 얼마나 재미있고 고마운 일인가

이상한 꿈

미국 씨티은행에서 한국 씨티은행 행장을 좀 맡아달라는
급한 전갈이 왔다
나는 월출산이 붙잡고 영산강이 말려서
갈 수 없다고 대답했다
다시 미국에서 급파된 것처럼 보이는 사람이 영암까지 내
려와
이미 이사회를 통과한 사안이니 맡아야 한다는 것이었다
어쩔 수 없이 한 가지 조건을 내밀었다
먼 옛날 이스라엘 사람처럼 바짝 엎드릴 테니
수익금의 일 할만 한국에 놓고 가라 했다

다시는 연락이 없었다

세 번째 시집을 냈더니

세 번째 시집을 내자
예상치 못한 일이 일어났다

인사로 한 권 증정했더니
100권을 구매해 준 배포 큰 동창
모싯잎 송편을 궤짝으로 답례해 온
영광의 후배 농사꾼
'기적'이란 시가
교과서에 실릴 만하다고
허풍 떤 친구

이민 간 깨복쟁이 친구는
아메리카 조지아에서
꼼꼼히도 읽어 보고
장문의 독후감까지 보내왔다

용감한 출간
이 정도면 자축해도 될까나

다분히 인사치레라고는 하지만

1차원

텃밭의 잡초 애써 뽑지 마라
잡초 속에서도 곡식은 자라난다

마음속 잡념 굳이 내쫓지 마라
잡념 속에서도 좋은 생각은 피어난다

가을 산

다람쥐 기억력이 조금만 좋았더라면
지구별 색깔이 엉망 되었을지도 모르지

공상

무한대 우주
수천억 개 별 중에
지구 같은 게 또 있다면
얼마나 얼마나 재미날까

핸드폰의 조상

내가 안고 사는 이 요물
무려 3억 년 전에 뿌리를 두고 있다
내 방에서 화력 발전소까지 연결된 전선은 얼마 전 일이고,
발전소가 석탄으로 물을 끓여 에너지를 만드는 것도 엊그
제 과학이다
그런데
오랜 세월 지구 곳곳에 감춰져 있던 석탄은 어떻게 탄생
했는가
고생대라고 하는 까마득한 옛날에
나무들이 켜켜이 퇴적된 것이다
-3억 년 전 지구는 무균 상태라 나무가 썩지 않았다고 한다
그러므로 석탄의 조상은 나무고
핸드폰의 뿌리도 그 나무에 닿아 있다

핸드폰 사랑하는 인간이여,
먼저 나무를 사랑하시라
나무가 없다면
지구고 인류고 모두 끝장이다

그냥 꽃이 아니다

꽃이 식물의 생식 기관이라는 말 들은 적 있다
그런 눈으로 보면
꽃은 그냥 꽃이 아니다
'예쁘다', '향기롭다'보다
'강하다', '치열하다'가 된다

사랑은 사람한테 많이 쓰지만
꽃이 벌을 유혹하거나
여자가 분을 바르는 것은
사랑을 받기 위한
사랑을 훔치기 위한 쟁탈의 몸짓

사랑이 주인인 지구는
사랑과 생명이 얽혀 있는
종족 번식의 아름다운 별

꽃은 그냥 꽃이 아니다
강인함과 아름다움
생존의 표상이고
행성을 빛내는 꽃이다

하느님 죄송합니다

하느님도 사람같이 생기셨다는데
어떻게 우주 만물을 만들었겠느냐를 놓고
한참 티격태격하다
좀 삐져 버린 친구가 있다

그래도 나이 육십 줄에 이런 일로
얼굴까지 안 보고 살 것 없지 않나 싶어
또 그런 일이 내 보기에도 우스운 일이라
먼저 손을 내밀까 했는데
그 참에 코로나가 오셨다
핑곗거리 생겼으니
전처럼 마음 무겁진 않았다

어느 날
잠자리에 누워 생각하니
밴댕이 소갈머리 같은 내가
우주 창조를 이러쿵저러쿵했다는 것이
어이가 없었다

혼자 실없이 웃었다
하느님 죄송합니다
제가 진정 죄인입니다

침묵에서 표현까지

법정 스님은
소유의 무게에서 벗어나라는
강력한 조언을 전했네
불필요한 말을 삼가라는 말씀은
침묵의 귀한 가치를 가르쳐 주었고
오랜 시간 동안
나름 깨달음을 얻었네

그런데
소심한 성품 때문이었을까
내 표현력은 항상 서툴렀고
감정 표현도 어색했네

하지만 마음 깊은 곳에서는
언제나 막막한 감정이 쌓여
내면은 무거워져만 갔고
소통의 벽으로 우울할 때 많았네

이젠 닫힌 입술 좀 열어야겠어

홀맺은 침묵의 보따리
솔직하게
자유롭게
풀어헤치고 싶어

침묵에서 표현 건너기가
양쯔강만큼 길었네!

참 이상하오

나 홀로
멀리 와 있는데
훤히 보이오
뭐 하는지
왜 그러는지
알겠소

참 이상하오

시골길 걷는데 도시의 소음이 들리오
앞을 보는데 뒤도 보이오

보는 것만 보였는데
숨긴 것도 보이오

이분법도 동행하고
현실과 상상도 양립하오

거 참 이상한 일이오

누드 그림

다산초당 가는 길 조그마한 갤러리
모두 누드 그림이었다
세라믹 페인팅이라던가
방명록에는
"화백님은 사람들 옷을 마음대로 벗기시는군요" 하고 짓
궂게 적혀 있었다

옷이란 가면 얼마나 벗기고 싶었을까
신분과 계급 얼마나 허물고 싶었을까
도덕과 상식도 내던지고 싶었나요
떳떳하지 못한 인간 혼내 주고 싶었겠지요

삼국지 양수(楊脩)처럼
속마음 너무 잘 꿰뚫었나요?
속 시원하시다고요

괘념 마세요
저는 시골뜨기 촌놈

달아난 시집

아메리카노 두 잔이면 시집을 한 권 살 수 있으니
1년 치 커피가 책 50권은 넉넉하리라
곰곰이 생각하노니
500권, 1000권을 집어 삼킨 배

아, 새 책 내음이여
증발된 감성과 영혼이여

한 집 걸러 커피숍
몰래 숨은 서점들

거리엔
커피 잔을 든
불룩한 배들

길 위에 흩어진 사유들이여

커피 맛의 시를 마시며
시간을 묻는 창가에 앉아

움직이는 도시의 풍경을 본다

두 잔의 아메리카노가
한 권의 시집을 데려간다
달아나는 시집이 활보를 한다

인과응보

미꾸라지 한 마리가 온 웅덩이를 망치듯
군데군데 먹구름이 여름 하늘을 먹칠했다
기상청은 태풍을 예고했고
명문가 일본 총리가 총에 맞아 죽었다
이름도 흉한 원숭이두창이 꿈틀대는 사이
옥수수 키는 훌쩍 자랐고
배롱나무는 저항하듯 이마에 붉은 띠를 매고 함성을 질렀다

음악

바이런은
귀가 있으면 사물에서도 음악을 들을 수 있다고 했다
음악은 박자와 멜로디, 화음이어야 한다는 고정관념
음악을
귀 맑게 해주는 감동의 소리라 해 보자
산속 새들의 지저귐
갓난아이의 울음
바람 소리 시냇물 흐르는 소리 갈대의 나부낌
소리가 곧 음악
심지어
무음도 음악일 수가 있다
공백에서 피어나는 무명의 음악

고요도 음으로 들릴 때 있다
정적도 음으로 들릴 때 있다
고요는 고요끼리 정적은 정적끼리 조화한다

비율

이 세상 만물이 다 그렇지만
남자, 여자 성비가 비슷한 것
생각할수록 신비한 일

IQ, EQ, 예술적인 DNA를 가진 사람, 기술에 소질을 갖고
태어난 사람
역시 일정한 비율

안정감을 주는 황금 비율
듣기 좋은 화음의 배열

사람은 지구와 어울리게 만들어졌고
모든 생물은 비율로 생존한다

이 세상 기쁜 일, 슬픈 일
선한 일, 악한 일
비율대로 일어난다

그래서

아무리 우수한 집단을 모아 놓아도
속 썩이는 놈은 나온다

창조자의 설계가 됐든
우연의 과학이 됐든
난 그저 신비의 현상에 골똘할 뿐이다

사람들이 문제다

사람들이 문제인가 봐요

발탁 받으면 열심히 하겠다고 마음먹지만

부족한 자신을 느꼈나요

약자를 지키기 위해 소리쳤지만

자신의 목소리는 작아 보였죠

낮게 머리 숙여

두 주먹 꽉 쥐고 출발합니다

겸손은 흐르고, 각오는 불타올랐죠

하지만 작심삼일

초심은 봄날 눈 녹듯 사라지고

헌신짝 돼 버렸죠

사람들과 함께라는 사람 시장(市場) 때문에

물들여야 했죠

먹물처럼 퍼져 갔고요

그 사람 때문이라기보다

늘 사람들, 무리가 문제였던 거죠

아주 드물게는

이 난관을 헤쳐 나가기도 했지만요

하여간 그물에 걸린 건지 용케 빠져나온 건지

모른 채 살고 있지요 대개는

섬 시인

이생진 시인은
완도 외딴 섬 여서도로 시를 64편이나 쓰셨다
섬이 부를 때마다
여섯 시간을 달려갔다

제주도라면 모를까
주민이 고작 백여 명인 코딱지 같은 섬

등대로 쓰고 폐교로 쓰고
동백꽃으로도 쓰고
쇠똥으로도 쓰셨다

명불허전 섬 시인
여서도 이장보다도 더 구석구석 살피었다

루주는 왜 발라
동백꽃이 웃게……

산에서 흐르는 물소리와

바위를 치는 갯바람 소리
그 밖엔 아무것도 들어오지 않는 방

책상 앞 시인들이여
한 시간이라도 달려가 보았는가
아는 만큼 보인다 했나
문풍지 우는 여서도

쇠사슬에 묶인 개에게

하늘 맑은 저 넓은 땅에서
쇠사슬에 얽매인 개야
무슨 죄로 이 구속을 당하나

그 눈동자는
사람보다 더 순하고 착한데
왜 울부짖으며 이리 외치나

혹여라도 실망은 말게
도시 반려견은
성대와 성기도 베어 내고
사람들은
맑은 물 아름다운 산 버리고
시장 소음 속에서
빵 조각에 몸 팔고
서로 눈치나 보며 살아간단다

위로될지 모르겠다
그 옛날 디오게네스는

왕보다도 개를 택했다 하더라

쇠사슬에 묶인 개야!
난 그만큼은 아니래도
반려견보다는 널 좋아한단다
마음껏 짖어 다오
건넛마을 놈팡이 낮잠 못 자게 짖어 다오

심심한 날의 잡념

똑같은 날들
삼막사 누렁이처럼 늘어질 때
'별일 없지?' 한 마디 안부가 기다려진다

아무것도 손에 안 잡힌 날
순댓국에 소주 한잔하잔 사람
달려와 주면 좋겠다

라디오를 듣다가
내가 좋아할 선율이라며
음악 들려줄 친구 언제 만날까

여기까지 인생길
인연 닿은 몇 여인
차라도 한잔할까 하는 말로
내 긴 동면에
경칩 같은 기쁨 주는 이 혹시 없을까

더도 말고 덜도 말고

흉금 털어놓을 그만큼은 아니래도
마주 보며 서로 얘기 들어 줄 사람
그런 사람 한둘만 있으면 좋겠다

완벽한 평등

먹구름은
곧 비가 되고
뭉게구름은 하늘을 노닐다
나중에 비가 된다

들판에 안착도 하고
골짜기에 다다르기도 한다
서로 다른 길 가는 것같이 보이지만
언젠가 바다에 이른다

우리 생도
한때 서로 다르게 보이지만
결국에는 하나의 종착역을 향해
함께 달려간다

농부든 고관(高官)이든
거지든 재벌이든
땅으로 아니 갈 수 없다
끝내는 같아진다

모두 한군데서 만난다

완벽한 평등이다

* 필명이 호월인 재미 작가의 글을 읽고 영감을 받았다.

우리 몸은 하나의 나라

국민 한 사람 한 사람이 나라를 지탱하듯
수억 개의 세포가 우리 몸을 수호한다
전쟁 속에서 평화로운 모습으로

이 나라 주인이 청와대인가 국회인가
몸의 주인이 뇌인가 심장인가
국민이 게으르면 나라는 망하고
세포가 망가지면 몸은 끝장이다

세포라는 생명의 씨앗
몸을 창조하고
몸이 나라를 지키니
결국 세포가 나라를 지킨다

우리 몸은 하나의 나라
우리의 아름다운 행성도 세포가 주인

놀래지 말자

거대한 우주에서 보면
지구도 바닷가 모래 한 알에 불과하단다
놀래지 말자
수억 개 모인 별 무리가 수억 개나 된단다
놀래지 말자

거대한 현미경으로 보면
풀잎 한 송이에도 수만 개의 만리장성이 쌓여 있다

우리 몸엔 30조 개나 되는 세포가
사이좋게 지내고 있다

수십억 개의 얼음 결정이 눈송이가 되고
흙 한 줌에도 수십억 개의 박테리아가 살아 숨 쉰다

작은 것도 큰 것이고
큰 것도 작은 것이구나

놀래지 말자

5부

그들도
심장이 뛰는 사람

구림천 걸으며

고향 땅 월출산 계곡
구림천이라야
어디 굴포천에 대겠나
감히 한강과 견주리오

비가 오나 눈이 오나
구림천 걷다 보니
보면 볼수록
한강 꼭 빼닮았고
굴포천을 걷는 것만 같다

그렇지
같은 물이지
똑같은 물길이지

바다로 모여 수증기가 되고
구름이 되고 다시 비가 되어
어쩌다 월출산 계곡에 내렸을 뿐 아닌가

조상이 같으니 형제일 수밖에
구불구불 생김새 닮은 게 당연하지

수반에 물 한 컵
큰 호수가 된다 했나
고향 물길 걸으며
부천도 가고
서울도 걷고 있네

만물의 크고 작음으로
선악과 시비를 가를 수는 없는 것

영암 장날

파장 무렵

쪼그린 노파 좌판에
쑥, 냉이, 햇보리가 떨이 손님 기다린다

곧 쏟아질 봄비 때문일까
드러누운 영감 끼니 걱정하고 계시는 걸까
5·18 때 총 맞은 청년이 응급실 의사 바라보는 것처럼
눈빛 간절하시다

그냥 지나칠 수 없어
지폐 한 장으로 앓던 이를 빼 드리니
그 속 시원한 웃음이
대만 고궁박물관 등 긁는 노인 같았다

그들도 사람이었을 테니까

지하 서울역
환승 통로에
돋보기 파시는 시각장애인이 계셨다

한 치의 흐트러짐 없는 풍채와
그 선한 얼굴이 마치 수도승 같았다

알 듯 말 듯한 표정
정갈한 차림
여느 행상과 사뭇 다른

어느 날 갑자기 자취를 감췄다
설마 서울시의 단속은 아니었겠지

그들도
심장이 뛰는 사람이었을 테니까

어떻게 법이
상식을 뛰어넘겠어
행정이 사랑보다 강하겠어

해남읍 오일장

미꾸라지는 전신이 성감대일까?
마치 아무 일도 일어나지 않을 것처럼
누구의 눈치도 아랑곳하지 않고
자연스럽고 용맹하게
꼬불꼬불 꿈틀꿈틀
고무 함지 안에서
오럴 섹스를 즐기고 있었다

한 녀석도 예외가 없네
저건 분명 신이 내린 예감

가래떡

2021년 세밑
우울증 아내 대신 재래시장 나왔네
낙원떡집 앞
김 모락모락 가래떡이
옛 추억을 들썩이게 하였네

방앗간에서 퍼진 가래떡 향기
말랑말랑 부드러움이 손에 닿는 따스함
첫입에 피어난 환희의 순간

아내가 좋아할 거야!
기쁜 마음으로 곧장 집으로 달렸네
꿀 곁들인 뜨끈뜨끈 가래떡 한 입
"당신 위해서……"
마음으로 건넨 가래떡

아내 가래떡 넘기는 소리에
눈물 반 웃음 반

결혼기념일에

서른세 번째 결혼기념일

"당신이 별을 보고 싶다면
나는 밤하늘이 되어 주겠소"
낯 뜨거운 멘트를 휴대폰에 남겼다

그랬더니
나중에 요양원 안 보내겠다며
사회복지사 준비를 하겠단다

미래의 어두운 그림자 요양원
그 문턱 아직 멀지만
늘그막 보증 수표라도 받은 것 같아
꽃다발로 슬쩍 화답하였다

서른세 해를 산 우리
앞으로의 인생 여행
마음이 깊어진다면
오늘은 시작일 뿐

말 한마디가 천하를 흔들 수 있고……
늙을수록 부부밖에……
이건 남의 말 아니고
빈말도 아니더라

* 조영남의 노래 가사.

늙은 호박

잘생긴 늙은 호박 하나가
방 안을 밝혀 준다

저 푸짐한 것
사람들은 맷돌 같다 하지만
난 궁둥이라 부르고 싶다
만지면 촉감이 매끈매끈하기도 하려니와
배 속에 노란 씨앗
세월의 흔적을 가득 품고 있기 때문이다

그 런 데

만지작거릴 적마다
자기를 궁둥이라 부르지 말고
아이돌로 불러 달라고 떼를 쓴다

아이돌이라
연예인이라

시대를 따를까

지금 엉터리 시인과 떼쟁이 호박이
실속 없는 밀당을 하는 중이다

하늘이 우산이다

"하늘이 우산이다"
무슨 뜻일까
꿈에 왜 이런 경구가 보였을까

바닥이 벼랑일 때
하늘에 기대라는 말인가
벽에 맞닿을 때
하늘을 붙잡으란 말인가

하늘이 그냥 하늘이 아니라
우산이 되어 줄 때
땅의 일은 다 순풍이라
내 앞길 길하다는 뜻일까

꿈속 무의식이
삶에 얼마나 닿겠냐만
그 뒤 내 삶은
변하지 않았다

늙어 간다는 사실
그것 말고는

그래도
영 잊지 못할 꿈이긴 하고

＊꿈에 도인이 나타나 "하늘이 우산이다"라는 판본체
족자를 펼쳐 보여 줬다.
5년도 지난 일인데 아직도 그 꿈이 생생하다.

꽃은 사람을 찾지 않네

늙은 농촌 구림 마을
텅 빈 집에 매화꽃 곱게도 피었네
세월의 무게 못 이긴 담과 지붕
패잔병처럼 널브러진 헛간의 농기구
주인은 갔어도
공산무인수류화개(空山無人水流花開)라더니
봄은 곱게도 왔네

개, 닭 뛰놀던 마당
잡풀들이 차지하고
북적대던 그 시절 잊었는지
앞동산 노송도 졸고만 있네

꽃은 사람을 찾지 않고
계절도 사람을 부르지 않네

봄볕도
매화 향기도
주인 찾지 않는

텅 빈 집엔

모두 다 소용이 없네

나의 숙명, 영암 땅
– 영암에 내려와

길음동 전셋집은
여기보다 열 배나 값이 더 나가고
키도 스무 배나 크지만
난 영암 집이 좋다
물 좋고 공기 맑아서라기보다
나쁜 것이 좀 덜해서 좋다

더 많이 더 높이 더 빨리
이런 소리만 들리는 곳
지친 발걸음 정신없는 눈동자
숨 막히는 거리
그런 거 덜 마주쳐서 좋다

난 시골집이 좋다
서울보다 열 배 스무 배 더 좋다
거칠고 어지러운 서울 길보다
따뜻하고 한산한 시골 길이 좋다

서울의 시계는 분초가 빠르지만

영암의 시간은 구름 따라 느리게 흐른다
북한산 한강보다
월출산 영산강이 좋다

나의 뿌리
나의 숙명, 영암 땅

딱따구리 아침

안개 자욱한 이른 아침,
늙은 딱따구리 한 마리
아침 식사를 준비하지만,
애벌레 하나도 찾을 수 없는 고사목

그렇게 딱따구리는
머리통으로 망치질을 해 대며
의기양양 공양을 찾지만,
말짱 허사

거미는 수없이 많은 실을 뽑아내어
나무 사이를 연결하지만,
벌레는 쉽게
속아 넘어가지 않는다

저 송곳 부리와 쇳덩어리 뇌 헤아리기 어렵지만
아무리 봐도
헛물을 켜고 있는 것 같다

사람에게도
허송세월이란 말이 있고
생각해 보면 누구나
헛발질이 허다하거늘

하물며
딱따구리나 거미가
무슨 효율과 능률이 있겠는가

짊어진 업(業)대로
다 수고와 유익이 적당할 따름이려니

탱자 울타리

탱자나무 울타리 너머
미자 누나가 빨래하던 모습 몰래 엿본 적 있었지
빨래 소리에 온몸이 타오르는 그 순간
적당히 흐트러진 머리카락
부드러운 손목과 옅은 햇살……
혼이 나갈 뻔한 황홀한 순간

그 탱자 따서
책상에 올려놓으면
그 새콤달콤한 향기
방 안이 온통 누나 생각으로 가득했었지

날 철들게 한 누나의 모습
그때 울타리 사이로 퍼지는 햇살과
설레어 가슴 뛰는 소리
어찌 잊으랴

아직
생생하게 남아 있는 짜릿함

한 번만이라도 다시 볼 수 있다면

* 이와 비슷한 풍경을 묘사한 서정춘 시인의 글을
읽은 적 있다.

참새와 농부

농부의 속 무던히도 괴롭힌
야속한 도적들

오늘 아침엔
전깃줄에 줄지어 앉아
빈 하늘 쳐다본다

아무 일 없었다는 듯이

벼 여무는 고요의 시간
저들에게도
명상이 필요할까

조잘거리던 주둥이 꼭 다물고
조용히 생각에 잠기는 듯
깊은 회개에 빠진 듯

바라보는 농부의 눈빛과
자유를 향한 참새의 날갯짓

농부와 참새는 공생하는 친구인가
아니면 무관계 남남인가?

보이지 않는 유산

고향 어른께 인사를 드리면
40년 만에 돌아온 이방인
누구인지 궁금해하신다

생전 제 부친이 누구라고 하면
금세 표정이 바뀌면서
깜짝 놀라신다

한 번 두 번……

건넛마을 면장 어르신
꼭 듣기 좋으라고 그런 것만 같지 않게
아버님 칭찬을 아끼지 않으신다
"아, 그래
정말 인품 훌륭하셨지
아까운 분이……"

낭주 최씨 종택 아주머님
"글 잘 쓰시고 말씀 고우시고

참 참 따뜻하셨지. 쯧쯧"

눈물 훔치고 생각해 보니
바위 같은 유산을 남기시었다

유산은 잘 지키라 했거늘
얼렁뚱땅 승차한 이 몸
나아갈 길
막막하기만 하다

부담도
양약이 된다곤 하지만

살구와 개

내 딴에는 하루하루 근신하며 사는데
회관 옆집 개는 내 발소리만 듣고도 사납게 짖는다
마을이 적막해진 저녁
어쩔 수 없이 그 앞을 지나면
잘 만났다는 듯 철대문이 부서질 정도로 짖어 댄다

유독 나에게만 더 그런 것 같아 괘씸한 생각도 들었고
등골이 오싹할 정도로 공격도 받았지만
나는 분개하지 않았다

약속 시간도 잘 지키고 불우 이웃 돕기도 하며
커피 값도 선뜻 내는 편인데
그깟 개에게 대접 못 받는다고
쪼잔하게 굴 수는 없잖은가

참고 또 참았다

켕기는 일이 전혀 없는 것은 아니다
50여 년 전 그 집에서 살구 서리를 했던 소행을

꼭 개한테 들킨 것 같더란 말이지
누구에게든 속마음 드러난 건 기분 언짢고말고

발걸음 멀어질수록 잦아드는 컹컹 소리
잊히지 않는 그 옛날 초름한 불빛
훔쳐 먹던 살구 맛과
짖어 대는 개소리가 무슨 상관 있겠냐만……

속옷을 빨며

때 닦아 주는 물 몇 동이
보송보송 다려 주는 서너 뼘 햇살

구질구질한 삶도
그 물에 헹궈 봤으면
눅눅한 삶도
그 햇살에 널 수 있다면

불편한 인연 싹 씻겨 줄
인생 시냇물 없나
찌든 흉허물 데려갈
인생 햇살 없나

단 하루
단 하루만이라도

자아 속 희로애락의 화단
먼지 같은 세월 속에서
자아는 햇살과 시냇물이 되리라

마음의 무거움
삶의 어지러움 속에서
자아는 햇살과 시냇물이 되리라

가을 운동회 같은 날
속옷을 빤다
인생을 헹군다

송년 아침에

눈발이
한 해를 마무리하고 있다
역병이 창궐한 줄도 모르고 하릴없이 내린다

세상을 또 한 번 흔드는 것인가?
꿈틀대는 것이 우주의 본모습이라던가

어느새
소나무 가지에
기와지붕 위에 소복이 쌓였다
아름다운 변신이다

소나무 가지는 아무렇게나 자랐고
눈은 아무렇게나 내리고
아무렇게나 쌓이는데

아무렇게나가 이렇게 황홀하다니
꿈틀대는 것이 이렇게 통쾌하다니

분명 우리 눈은 홀리고 있는 것
그래서 마음과 마음이 모이고
더 따스한 것인가?

하늘은 순백의 나라
인간 세상은 코로나

시와 음악

들어야 할 음악
읽어야 할 시 별처럼 많다

무궁무진한 세계
심오한 바다

심마니 산삼 캐는 각오로
광부 광맥 찾는 심정으로
음악과 시의 산야를 떠난다

다시 태어나면 시와 음악을 하겠다는 다윈(Charles Robert
Darwin),
그 회한 어찌 알랴마는
예술은
물이 강물 만나듯
삶을 풍요롭게 한다는 믿음, 부동(不動)이다

일일 오시오음(五詩五音)

내 오랜 루틴

사진 한 장

자연과 시의 이웃들 카페에
사진 한 장이 올라왔다
먼 나라 걸인 사진이다
여느 걸인처럼
꾀죄죄한 얼굴
허름한 담벼락 아래
보따리와 좌판이 있고
어라, 그 옆 피켓에
'My girlfriend said I had to get a job
This is it!'라고 크게도 써 놨네

세월도 잊고 세상도 잊은 듯
자빠바빼 누워 기타를 퉁기며 노래한다

근심 없는 표정에서
빈센트 반 고흐 선율이 들린다
자유로운 영혼 소리가 흘러나온다

그는 구걸하지 않는다

그냥 하루로

신년 시작되는 날
많은 계획으로 새해를 맞이했었지

예순 해 사는 동안
점점 계획은 쪼그라들어
계획 없음이 좋다는 깨달음도 없이
계획은 사라져 버리고

새해 첫날 종일 게으름을 피웠다
악상이 떠오르면
서둘러 녹음하려 했지만
날아가 버리려면 날아가 버리라지
앞을 염려하지 않았다
무엇도 탓하지 않았다

빈둥거림으로 시작한 신년
일 년을 오늘처럼 보내고 싶다
팽팽한 시위가 아니라
느슨한 고무줄같이

신년엔 저절로 철이 들고
신(神)도 느낀다는데
난 계획도 없이
별생각 없이
그냥 하루를 살았다
신년 아닌 하루로

전화위복

이삿짐을 싸다가
아내의 실수로
수년간 책장을 지킨 시집이
상자째 달아나 버렸다
시에 붙은 별표까지 달아났으니
알량한 시의 집에 지붕이 벗겨진 셈이다

시간은 이삼 년이 흘러,
남은 것은 내내 흰 무명천 같은 공허

하지만 다시 출발
백지에 수를 놓으니,
시의 매무새들이 제법이었다
옛것 아니 기대니
진정한 소유가 되었다

행운은 뜻밖의 곳에서 찾아온다
주택 청약 긴 줄에서 몰염치한 부인의 새치기로

당첨됐다는 사연처럼

'전화위복'이다

작은 기쁨

꼭 가지를 먹고 싶어서라기보다
가지 꽃 그 수줍음 좀 보려고
모종 두 개를 화분에 담았더니
생각지도 않게 퍽이나 주렁주렁하였다

보랏빛 작은 종(鐘)이
저렇게 빛나는 자줏빛 자기(瓷器)로 환생하다니

한 녀석은 아예 벌러덩 누워 '나 좀 데려가시오' 하고
또 한 녀석은 짓궂게도 제 몸 동글게 동글게 말고 있다

예상치 못한 기쁨이여
그 녀석들 잘게 썰어 햇양파랑 볶았다

모처럼 아침상이 웃고
어머님 젓가락도 가볍다

일상의 작은 기쁨

마음속 작은 꽃잎들
보랏빛 종과 자줏빛 자기

어머님 전깃불

내 어머님은
구순 내 어머님은

밥도 못 짓고
빨래도 못 하시지만
전깃불 하나는 잘 *끄신다*

"어머님, 이제 환하게 사실 만하잖아요" 해도
소용없다

이 일로 논쟁 아닌 논쟁을 했지만
그럴 날도 얼마 남지 않았다는 생각에
이제 조용히 보고만 있다

화장실도 거실도 안방도
끄시고 끄시고 또 끄시고

관에 누우시면
끌 전등도 없을 텐데
실컷 *끄시라고*

이기주의

예순두 해
이기심이라면 옹이가 박힌 녀석
아흔 노모 봉양하겠다고
시골로 내려갔다

미역국 끓이고 조기 구웠다

사람들은 효자라고 했지만
의뭉한 이기주의였다

제 마음의 평화가 항상 먼저였다

세간의 평판이란 대개
겉핥기

효가 그렇고
사랑이 그렇고
명성이 그렇고……

시인의 말

하루에 음악 다섯 곡을 듣고 시 다섯 편을 읽는 생활, 이른바 일일 오음 오시의 일상은 꽤 오래전 일이다.

시를 가까이하는 일은 내 인생의 적지 않은 윤활유가 되었고 삶을 깊이 있게 해 주었다.

지금도 혹시나 시의 불이 꺼지지 않을까 하는 긴장을 놓지 않고 산다.

하지만 시를 쓴다는 일은 매우 어렵고 두려운 일이다. 누군가에게 소음이 될 소지가 크기 때문이다.

어느 날 "못생긴 참외도 참외다"라는 말을 방송에서 들었다.

선택적 추상화의 억지라고나 할까? 나의 못난 시가 꼭 못생긴 참외 같았다.

어쨌든 그것이 바로 네 번째 시집의 응원군이다.

헛생각

ⓒ 박기홍, 2024

초판 1쇄 발행 2024년 5월 10일

지은이	박기홍
펴낸이	이기봉
편집	좋은땅 편집팀
펴낸곳	도서출판 좋은땅
주소	서울특별시 마포구 양화로12길 26 지월드빌딩 (서교동 395-7)
전화	02)374-8616~7
팩스	02)374-8614
이메일	gworldbook@naver.com
홈페이지	www.g-world.co.kr

ISBN   979-11-388-3117-8 (03810)